名流詩叢 36

福爾摩莎黎明時
Formosa en el Alba

而在河上，尋找感覺，就像
為了答案
找出口。當他們偏愛
島嶼
以及大洋和海的邊緣
提供
睡床和庇護。因為從這裡
更容易
上升下沉，且接近無限。

〔秘魯〕達尼洛‧桑切斯‧利昂（Danilo Sánchez Lihón）◎著

李魁賢（Lee Kuei-shien）◎譯

序
Prologue

　　秘魯詩人達尼洛・桑切斯出席台灣2018年福爾摩莎國際詩歌節，完成一本詩集《福爾摩莎黎明時》，讓我十分佩服他創作旺盛、觀察入微、感性敏銳、想像豐富。

　　這本詩集《福爾摩莎黎明時》，從達尼洛搭飛機抵達台灣那一刻寫起，前往淡水參加福爾摩莎國際詩歌節，一路有月亮相隨，抵達淡水，觀賞自然現象和美景，逛老街，看民俗活動。詩歌節期間，在燈塔前念詩、在真理大學現場寫詩，遊野柳國家公園，就奇岩地景，發揮宇宙誕生、神創造世界的深刻冥想和廣泛思考，也去參觀佛寺，觀察淡水女孩的清純和體態，會後在台北遊覽鬧街和101大樓。最後寫到離開台灣，回程經過中國上海的經驗。

　　《福爾摩莎黎明時》形同一本紀遊詩集，身為詩人，從大處著眼，小處著手，所以可從細微末節，表現特殊的民族文化特質，也顯示異國情調的新奇和趣味。對台灣人情景物，民眾待人處事，描寫得非常生動。甚至在回程過境上海，明顯感受到人在社會中的異化現象，與台灣社會的親切祥和，呈截然不同的對比。

　　達尼洛‧桑切斯的詩藝，在此書中表現無遺。就形式言，規律性的長短句，視覺上已先入為主，產生曲折波動韻律感；吟誦聽覺上，音節短促，輕快活潑，生動有力，成為詩人的特殊風格；意象上，達尼洛‧桑切斯善於從外在現象，敘述起興，轉折到內心感受，引起內在回應，由此進一步躍升到人生觀和世界觀的哲學思惟。

因此，在達尼洛・桑切斯的詩作當中，內心感性豐沛，面對外在現實，則理性充分。在感性和理性交互衝擊下，有時呈現虛虛實實的情境，甚至在目視具象的實景，可以設想到神話般的虛擬傳說。而他的聯想和想像，似有歷史實情的支持，並非全然虛無飄渺的幻想。

　　實際觀察，加上豐富想像力，是達尼洛・桑切斯詩的魅力所在。淡水有幸，在他的創作裡，成為詩的故鄉！

Prologue

Peruvian poet Danilo Sánchez Lihón has accomplished a collection of poetry "*Formosa at Dawn*" when he attended 2018 Formosa International Poetry Festival in Taiwan, for which I admire his exuberant creation, deep observation, high sensibility and rich imagination.

This collection of poetry "*Formosa at Dawn*", was written starting from the moment of Danilo's arrival to Taiwan, and went to Tamsui to participate the Formosa International Poetry Festival. All the way, there is the moon in accompany with him until Tamsui where he had a good time to view the natural phenomenon and beautiful scenery, to visit the old streets, to watch folk activities. During the poetry festival, he read poem in front of the lighthouse,

wrote poem at the Aletheia university, visited Yehliu National Park where he endeavored in profound meditation and extensive thinking about the birth of the universe, God's creation of the world, in connection with the marvelous rocky landscape. He also visited the Buddhist temples and watched the innocent figures of the girls in Tamsui. After the Festival, he made a city tour, including the sightseeing on the building of famous Taipei 101. Finally, he wrote about the experiences in his return at stop in Shanghai, after departure from Taiwan.

"*Formosa at Dawn*" may be treated as a collection of poems on journey. As a poet, Danilo observes the objects at the macroscopic views and takes action to write his poems

at the microscopic points, so he can express special national
cultural characteristics of Taiwan from the subtle details,
and also present exotic novelty and fun. He describes
vividly with respect to Taiwanese people and things, as
well as about the way of the people's treating others and
doing things. Even in his return journey via Shanghai,
he perceived obviously the phenomena that its people's
alienation in society, which is in a very different contrast
with the kind and peaceful society in Taiwan.

The poetic art of Danilo Sánchez is evident in this
collection. As regards the form of structure, the regularly
alternative long and short sentences visually produce a
fluctuating rhythms; in the sense of sounds, the syllables

of the sentences are shortened, thus vivid and powerful, which has become the special style of poet Danilo; as for the images, Danilo Sánchez is good in thinking from the external phenomenon to initiate the narrative, then turning to his inner feelings, and thus inducing the internal response of himself, which further raises to the philosophical outlook on life and the world view.

Therefore, among the poems created by Danilo Sánchez, the inner sensibility is abundant, and in the face of external reality, the rationality is quite sufficient. Under the impact of sensible and rational interactions, sometimes a virtual reality situation is presented, and even based on the visual concrete reality, a mythical virtual legend can be conceived. And his association and imagination are superficially founded by the support of historical facts, rather than all in illusion.

Upon actual observation, coupled with rich imagination, is the charm of Danilo Sánchez's poetry. It is fortunately, in the creation of Danilo Sánchez, Tamsui becomes the hometown of poetry!

Lee Kuei-shien

目次

第 1 輯

月亮與海洋

Luna y Mar

蒞臨詩篇
Poems del Arribo

機翼在傾斜,

 旅客

拂曉時在陽光和雲彩之間

 俯瞰

沸騰的海底

 傳說

像在鍋裡沸騰處

 有海妖

和龍,成千上萬故事和

 探險。

 那是福爾摩莎!

就在碼頭岸邊

　　滿滿是

船舶、起重機和貨櫃。

　　想到

妳，我的情人呀，像在朝代

　　傳說中，

國王和皇帝。馬可波羅

　　在牢裡，

不知道是會生

　　或死。

　　福爾摩莎

黎明時，秘魯正在深夜。

　　──「機員

準備降落。」而我是
　旅客
靠窗口，感覺到海
　在沸騰
無法比擬。在岸邊
　謎語
令人茫然臣服
　永久。
何處可找到鑰匙？
　風中
謠傳在船纜
　在某處
港口的某市場。在妳

　手裡。

而這裡是海，

　有霧

和浪，海像是祕密的

　文本。

月亮相迎
Luna de Recibimiento

——往淡水路上
En el Camino a Tamsui

夜裡。走出機場
　　注定
命中之途，滿月掛在
　　公路邊，
蒼穹依然蔚藍，
　　無雲，
夜晚，前往淡水的
　　路上。

清月，明淨安詳。庇護，
　　熱心
又寬容，像母親一樣。
　　橋梁以及

高速公路交叉像
　　蜘蛛網
閃爍燈光和摩天大樓
　　在遊蕩。

月亮上升超越顫抖的
　　噪音
是卡車、公共汽車
　　和火車
在上下滑動時發聲。
　　有各種各樣
快速流動的車輛
　　和幻影。

月亮高高掛在那裡
　且濯足
在港灣水中；反射
　在欄杆上，
在樹木和田園稻穗上
　已播種土地上。

月亮在後視鏡裡；射入
　穿過擋風玻璃
透過車窗與悲憫窗幔
　到達座位
回到我默默懷念妳的
　地方。

滿月
Luna Llena

——抵達淡水
A mi Llegada a Tamsui

月亮跟我
　同區
這一次卻發現
　在等我。
在此，世界的另一端，
　有牧羊人，
和他的銀色紡車
　和羊毛。

月亮像我們回家
　已晚時
在田園穿裙拾穗的
　女孩。

月亮在妳辮子和手上
　富同情心
直到現在還遠遠
　觀護我。

以清明透澈
　籠罩海
把港口像建廠
　劃限
界定範圍；在哪邊
　船上
遠離索具小睡
　片刻。

淡水月亮映照在
　　水面
在巨大記憶底層
　　深不可測
由此或多或少
　　可知
生命受到震撼。

　　但是，
我們必須瞭解生命嗎？
　　我自忖。
不是只要活下去，
　　像今天
被自己的渴望所驅使嗎？

　　既然

妳都在我身邊，那麼妳

　　找到

我在哪裡嗎？那麼遠，又

　　那麼近？

就像今天聽到

　　林蔭

傳來小鳥鳴囀，

　　流行

水平線上月光，我感覺

　　海

擊碎我們腳下無法企及的

　　波浪。

夕暉
Atardecer

——在淡水防波堤
En el Malecón de Tamsui

從淡水防波堤
　　觀賞
天空在暮色中流淚。
　　鏽紅色
直到世界被吞沒入
　　陰影裡。

下午就此消失。單獨
　　遺留
深不可測的海，在腳下。
　　海
反而在另一城市的水域
　　底下。

夕暉落在廣場上
　　沒有燈光
所有無限都垂直落下。如果有
　　永恆
就在這裡，重要的是
　　夜裡。

不免會想到岸邊：
　　我們是什麼？
過去是什麼？將來是什麼？
　　這水域
暢流深處拍擊
　　我腳。

而防波堤的路燈

　剛好亮了。

老街
La Antigua Calle

——淡水光明街

Gongming de Tamsui

這是人造炮竹城堡展開

　　燃燒，

商店垂直招牌有各種

　　顏色。

那是在下午紫色空氣中上升的

　　彗星。

鋼琴聲音的看台佔住

　　整條街道。

紅色黃色氣球和彩色

　　螢幕。

神祕的文字書法

　　那是

外來魚類、盤捲的蛇
　和蜥蜴
或醒或睡，隨磷光燈
　或開或關。
循美食街商店古老
　香味
聞到烤魷魚，半生不熟的
　章魚，
還有滷鵝肉
　煎盤。

群眾聲音、腔調和
　語氣，

街道有兩個門柱做為

　　歡迎拱門。

清秀女孩喜歡新鮮水果

　　由繁葉

生命樹所生，帶著魅力

　　瞬息而逝，

人生一切無法掩飾的痛苦令人驚訝，

　　但短暫

這一天，像肥皂泡破掉

　　在心靈深處。

第2輯

福爾摩莎詩歌節

Festival de Poesía de Formosa

在燈塔念詩
Lectura de Poesía en el Faro

——這是哪裡？

我們到了嗎？這裡叫

　什麼？

我問導遊和口譯人員，

　自從報到

她總是守在我身邊。

　——這是燈塔。

她說。你們要在這裡念詩。

　我笑了：

——在這種地方讀詩

　很有意義

詩如果看起來像燈塔

　這麼回事

就這麼稱呼。我不知道為什麼
　　這樣說。

—你們預定在這裡念詩。
　　—真的？
—我幫你翻譯。導遊說明。我們沿
　　海峽小徑
在晨光照耀下散步
　　往海邊走
從邊界反射到天際
　　清明透澈。
往山坡上，矗立一座
　　天文館。

就在那裡，懸崖上，可以看到
　燈塔！
孤傲、樸素、獨處在宇宙間
　無限遼闊，
就像詩人和詩實際上
　如此自立。

擁抱
El Abrazo

　　從這裡

可以看到像海的花瓣

　　那是波浪

從上面俯瞰很像

　　羊毛

那是白羊在大草原上

　　吃草。

我在此念拙詩〈擁抱〉，

　　開頭

說：「我相信擁抱

　　朋友

如同敵人，擁抱生命如同

　　死者。」

戰鬥的海洋呀，我念給你聽。

　海呀

歷經風暴、歷經大火，

　鬥爭，

和爭論。歷經神話之旅

　和大災難。

這次咆哮難以辨識我的

　立足。

　我覺得

但願神在早晨旭出時

　可聽到我

容許微風吹拂

　　撫我

以海在天上哼的溫柔

　　搖籃曲

還有海岸沉醉的美人魚

　　頭髮。

寫作
Escrito

——在台灣淡水真理大學
En Aletheia University en Tamsui, Taiwán

1.

淑英，在走廊上
已經鋪好黃色
紙張，她說：

──在這上面寫詩。
她給我毛筆
看來像是刷子

──這裡要豎立一面
詩牆。然後，眼望
地平線，我寫下：

2.

真理，
聽起來像時間之鳥
飛向天空！

真理，
像溫柔雨水
在舊窗上低哼。

真理，
流傳屋頂上
和鐘樓裡的歲月。

真理，

是在孩子呀呀學習

第一個音節之時。

3.

他們振翅，

霧飄落

在塔的拱門。

他們振翅，

在聖樂

風琴和管樂器裡。

他們振翅

在我們痛苦生命中

天使之翼。

如今詩正在振翅

棲息時造成某些事

永垂不朽。

註：真理大學在淡水，前身為加拿大長
　　老會傳教士馬偕所創設。

淡水下雨
Llueve en Tamsui

淡水清晨下雨。

　起先，

天亮時稍有清脆

　雨滴

在光滑的窗玻璃上。

　然後

陽台上持續不斷襲擊。

　又拍打

在垂垂樹梢上。

　而後

聽到水患入侵

　宇宙。

—現在，巴士會開嗎？打聽
　　詢問處。
—時間還沒到，先生。
　　是這麼說。

淡水在下雨，我在失眠夜
　　吸飲
茉莉冷茶。走出
　　窗外
觀看雨淋在樹葉上
　　石頭上。
使記憶變得深刻
　　無限。

第3輯

野柳國家公園

Parque Nacional Yehliu

迷人的岩石
Piedra Estupefacta

1.

他們住在這

福爾摩莎北海岸的野柳

　　國家公園，

自然界四大要素：土、水、

　　風和火；

組合在一起創造神的

　　隊伍

雕鑿神似的巨石和驚人的

　　岩石。

一個神明世系，有些剛

　　出生，

像幻覺的石蛋，還在

　　搖晃，

有些散落在海和溪

　　之間，

泡在波浪裡孵

　　昏昏。

2.

　　這些

不是全知萬能的神。不，

　　不是神

創造主，而是由岩盤雕刻而成

　　很單純。

是神，因為生命迷人，陷在

驚歎中

很有魅力。件件令人讚賞且沉醉

　冥想。

所見，太陽當前，月亮星星

　閃爍。

使這些成為神，在此徜徉猶如

　夢遊者

走過沙丘、懸崖和錯綜迷宮。

3.

　此外

還有驚人的古代石頭神，

　靈感

沉醉在思索海平線，

　　自行

揣摩。能夠進入內心的

　　一切

神祕：空間和時間，媲美

　　四大

要素。眾神默默徜徉於

　　沙灘。

風吹拂著長髮

　　為海鹽

豎立。挺直脖子抬高

　　手臂，

扭曲石腿渴望到達

　　星空。

風以外，有誰住在這裡
Quién Vive Aquí, Sino el Viento

1.

大都

在岩石前是風。但，

　　最好：

我們要問：—誰住在這裡？

　　有人嗎？

有人住在這裡嗎？風呼嘯

　　回答

糾纏在迴廊和迷宮裡。

　　是風

住在這裡孤獨生活，

　　像隱士。

就像石頭一樣，有多種形式，

　　顏色
紋理，唯一本質，就是
　　得以
發現謎語，不在岩石
　　在本身裡。

2.
　　風
是奇蹟和永恆奧祕，因為
　　透明，
刮過岩石，蕩海起浪，
　　劃出
沙在沙丘輪廓。和宇宙核心。

　　軌道

和滿月。冷風夜裡在此

　　咆哮，

直到月亮上升照亮天空。

　　這時

才平靜下來。然後嘗試彈奏

　　各種樂器。

聽呀：有豎琴、小提琴、琵琶、鼓，

　　雙簧管和短笛。

3.

　　正當

一切漸漸平靜下來

　此時

岩石在風的搖籃曲中

　更加孤單

一同想念眾神時，

　各個

又靈巧又愚蠢。又搞怪又迷糊。

　全部

一起創造這獨特的景觀。

　正當

風確實而精準時正是

　英明嚴謹。

這時風透露祕密逼使

　岩石

崩散沙灘上，在波浪和夕暉之間

面對星星。

懷疑論
Aquí Nace la Duda

1.

因為世界無始無終

　　這是

真正起源，萬物正在

　　孕育

進化中。就鏤刻在海邊

　　岩石上，

使巨岩似泡沫、熔岩

　　和沙石，

那時這裡還沒有生命

　　活動。

當然，只有脈搏和心跳，

　　存在於

心臟和大腦之先，那是其他岩石
　　和石頭
雕刻在另一內海，在這些水域
　　底部。

2.
　　這是什麼
是觀念和懷疑的種籽和脈搏
　　完美。
合理懷疑把水泥和泥漿
　　在石頭上
整平。在石頭上架構
　　生命

渴望的問題。

　　在內部

多於外面的風和風暴。

　　在海裡

沉醉多於海的外面

　　關鍵在

海內部。棲息於每塊石頭，

　　充滿風暴。

3.

　　此地

仍然無始無終，只有

　　單一

探究和問題。構成

　　真正

神祕。這裡是岩石與風的

　　住所

由其獨霸。因為是

　　屬於

這二龍頭領域和版圖。

　　此地

土、水、風、火，難有

　　意外。

真實是感情和思想的

　　生命綜合體。

問題出在哪裡
Donde Nace la Pregunta

1.

　　生命

還未出現，或剛初始，

　　已經

在此地有問號，而沒有

　　啟示。

因此，這是會懷疑和深思

　　的公園

自創世紀以來，生命

　　孤單

這個問題，迄今仍然沒有

　　答案。

這裡是可見可感的

海角
高聳在這些水域上方
　入口處
砂岩旁，石子被風旋轉。

2.
在島的這一端，就在
　岸上，
在海濱，在地界
　包含
問題的源由，首先出聲
　竟是
狂喜、天真和顫抖

　訊問。

暴露在無窮內部和

　無限外面、

心靈和宇宙之前。這問題

　在此已經

成為扭曲的石頭埋葬

　早已脫險。

姿勢都會引起問題的

　地方

不然就沉入沙中和

　海浪裡。

3.

那是

石頭有形狀問題的

　地方

我又找到妳，還嫉妒

　妳。

—妳和誰在哪裡？—我想

　告訴妳。

妳突然轉身。我在那裡看到

　妳的側影。

獅身人面像。不是刻在石頭上的

　娜芙蒂蒂*。

啊！而妳自己，我知道，

　妳來此

相會。不是那樣的

　年齡

那時是女王而如今女神。還有

　　就是

妳說的：「—祕密埋在這裡！」

4.

我發現妳望向

　海邊

波浪在那裡被岩石擊碎。

　　—哪裡？

—看看止水處的泡沫，

　　題字

在波浪中，海在擴展

　　衝向

岩石。證明妳存在過

　　早上

妳卻消失了，我在眾人間

　　困惑。

我正找尋妳，忘記妳上衣的

　　顏色

還有妳的裙子。我凝視每張臉，如今

　　妳不在那裡。

誕生是語言也是詩
Nace la Palabra y el Poema

1.

　雨

驟然降臨野柳國家

　公園

我們跑，心靈遊行隊伍，找

　避雨。

妳陪在我身邊。已經準備好要

　收藏

妳隨即消失在海洋

　泡沫中。

天晴時，我在

　找妳

到處找遍，甚至推想

　　其他

時間和地方的視野。

　　有妳在，

不知道誰顯然冷靜說過：—這些

　　並不是

植物或動物化石，而是

　　語言。

2.

　　我問：

—剛剛聽到的是誰在說話？我想要

　　知道

石頭呀，你們誰是發言者？

　或是誰

口述那句子？他說的語言在哪裡？

　沒有人

回答，我理解。這是起源的

　地方。

句子來自你們當中某位，

　似乎

隱藏在波浪和懸崖之間。

　以海

做為背景。但，是誰說不

　重要。

因為這裡什麼都可收聽。這裡，真的

　什麼都可聽到。

3.

　這是

石頭公共市場，誰都在發言

　談話。

這是語言和聲音的地方。不要

　沉默

但要有意義、活力和行動。完成

　記憶

而不是遺忘。記憶而不是石頭的

　樣子

就在這裡，語言、聲音和

　文本。

從首日散落的石頭可以

作證。

世界上第一次爆炸的時候

　　眾神

不知道他們是在這些盡頭

　　徘徊。

4.

而在河上，尋找感覺，就像

　　為了答案

找出口。當他們偏愛

　　島嶼

以及大洋和海的邊緣

　　提供

睡床和庇護。因為從這裡

　更容易

上升下沉，且接近無限。

　再說。

就在妳初初現身的時候。

　看到我

妳說的：—你沒看到我因為始終

　　向前邁進

跟著號角、鼓聲和旗幟。

第 4 輯

寺廟和騎機車女孩

Templo Budista y Muchachas en Moto

福爾摩莎寺廟
Templo Budista en Formosa

1.

街道像驚慌的蛇。或許

    是龍

潛伏在淡水市區中心街道。

    商店

豎立看板，上達天空，

    店外

展示牡蠣、蝦蛄

    和魚

活生生，會游會動

    在流水

箱內。店內餐廳煙霧

    瀰漫

正在炊煮忙碌接待客人。

2.

　　我們

在此再度受到驟雨驚擾。

　　我跑到

覺得可以躲身的地方避雨

　　那裡有

大門毫無遮攔洞開。

　　外面，

兩側，蹲立兩隻石獅

　　張口

微笑。神壇布置斑斕

　　多彩，

有儀仗人物、芻像和精雕寶座

　　各個

用玉、琉璃石、黃金和象牙

　　打扮。

眾多信徒點燃蠟燭

　　參拜。

3.

這裡是佛寺。我正在

　　想妳，

想起我動蕩的童年和我的

　　土地。

有使徒雅各的影像在

　　遊行隊伍中。

他走過時到處是野花。

　　悲憫

曳著鑲紅寶石長袍，滿是

　他的信徒

樂師的樂隊揚升音調

　悲悽

正如在寺廟裡隨著香火

　上升

我也提高心靈把自己付託給

　偉大的佛陀。

4.

我請求祢開放智慧

　之道

也希望獲得安詳幸福。

　心想

像這樣的地方會有隱祕的
　寶藏。
尤其是珠寶或真珠是無限
　寶貴
我自言自語，在如此
　瞬間，
雙眼目睹觀看這些
　驚奇？
或者兩耳在諦聽誦經，
　同樣
幻覺，讓我皈依祢
　偉哉佛陀。

雨和騎機車女孩
Lluvia y Muchachas en Moto

淡水女孩的臀部

　　平坦細瘦

適中。小巧如釘和

　　平滑板。

幾無高聳乳房；但溫柔，

　　樸實；

　　是燈心草和無刺玫瑰。

女孩騎小機車

　　在天空

烏雲密佈下，裸露雙腿

　　晶瑩剔透的

自由泉源。是新河流，又是

　　千年

　　純淨清水。

就像雨，是兩根完美柱子

　　生命

在此奠立。是蒞臨的

　　起點

而且平衡，發現所創造萬物。

　　明朗

　　像鐘聲一樣。

淡水女孩騎機車

　　經過。

要去哪裡？家境如何？
　是單身嗎？
還是已婚？在明亮警示牌和
　高塔陰影下
　消失無蹤。

淡水雨中，她們經過
　有機車
讓她們騎回家去
　她們
生活的奇蹟被雨淋濕
　而夜
　把淡水神祕掩蓋。

第 5 輯

我在淡水的導遊和譯員

Mi guía y traductora en Tamsui

我在淡水的導遊和譯員
Mi guía y traductora en Tamsui

1.

我站

累啦，在室內繞行片刻

　　走向

擠滿觀眾的客廳

　　後面。

她已經在我身邊，很美，

　　不到

二十歲吧；還是年輕學生

　　最後

一學年，讀淡江大學

　　外語學院

英文學系。似

　影子，

像太陽反光，我已經感受到

　　有如

我脈搏和血液的一部分。

2.

　　——究竟

妳需要愛快利刀片嗎？

　　——要。

我給她。專情望著她的包包

　　一支筆

她遞給我，水汪汪的眼睛

　　真誠。

因受用而志得意滿。

　　但是，

妳會意料到就在那瞬間

　　我要

我要寫詩嗎？我自忖，心喜。

　　那是

關心我身上發生的一切，在公車上，

　　在我走路時

在午餐和晚餐，張開

　　妳的傘

不論是否出太陽。就這樣，一點一滴，

　　消逝掉

這些日子，妳變成我實存的

　　天命。

3.

　─妳現在

要到客廳來聊一聊嗎？

　─好。

一言為定。／而，妳有寫作嗎？

　─沒有。

我要即興創作。─哦，不！

　─即興創作

不要。現在來聊聊，看我用心，如何筆記？

　─好呀。

我要在2019年5月發表……

　─慢慢來

拜託。別講，現在我要記下來。

　　現在

寫好啦，請不客氣賜教。

4.

　　因

不懂西班牙語

　　讓我

重複說好幾次。她默默

　　拼寫出

手機號碼，始終

　　開機，

好像就在我袖子裡。

　　響了

我以為又優雅又靈巧

　　真意外，

她用臉在找話說

　　傾身

到我面前，嘴唇顫抖。又紅

　　又嫩，

像在枝上的草莓。朝我

　　睜開

炯炯眼神，未說先肯定，

　　讚賞

就對啦，這個詞句恰到好處。

5.

　—對不起

由於不會講西班牙語。—她

　　道歉。

在我起立之前

　　涉及

在屋內的一些談話，她再

　　翻譯成

漢語普通話—我很緊張。

　　—她承認

查對你的筆記本。

　　送我走時

有些事不是說完就了事

　　她出招

雙手合掌向前傾身

　　俯首，

好像在向我鞠躬。

6.

　　當

進入我擁有的環境時

　　要脫下

乖乖就範的鞋子，

　　拿起來，

靠近膝蓋拿著

　　帶到

鞋櫃。他在門口給鞋

　　塗油。

—亞歷又乖又帥。—某天他對我說

　　下雨時

我正在樹下工作。

　　百歲人瑞。

難以置信！沒想到給我端來

　　熱咖啡

從遠遠的商店區。

7.

　　這一天

比賽將近結束

　　背後

她在我耳邊細語：來

　　一杯

酒嗎？—我說好呀，

　　點頭。

我拿過酒杯，一口乾掉。她睜大

　　眼睛

驚訝。問我要不要再來一杯。

　　哪裡

有酒？我問她。—別擔心。

　　我要

再來一杯。—我想要不止一

　　杯。

—是嗎？—是的，今天我想醉。

8.

　—頭髮

到底怎麼啦！—她怯怯看著我，

　　但

面露微笑，晚禮服掉落到

　　腳上。

—為什麼你要喝那麼多酒？

　　—因為

我真的喜歡這裡。而且感到

　　苦於

不得不離開。—我凝視著她說。多麼

　　漂亮呀！

我問：妳，妳自己也要來

　一杯嗎？

—不，我們滴酒不沾。

　頭髮辯稱，

究竟為何難過？—為一切難過呀

　都過去啦

結束啦。—我和你一樣！

　她說。

眼睛潤濕，沒有轉過頭去。

9.

　告別時

我搭巴士前往機場

　她望著我

眼睛全然自我克制，

　　整體

文化和廣闊無邊的世界。

　　無限

沒有邊界。沒有大海或重洋。

　　我不知道。

她的舌頭打結。偷偷遞給我

　　一封信

其他不論，其中對我說：「抱歉

　　不說話

表示更關心」，請原諒我不說話

　　更喜歡

翻譯你的詩。請原諒沒有

　　唱歌。

10.

　—「我發誓

要這樣做，已經講過啦

　　在默默中

現在，要為你唱歌，望著

　　地平線。

而且，拜託，永遠勿忘我。」

　　而我

已經在往台北路上，看著河岸

　　通往大海

劃破腳下的波浪；期待

　　水平面

在樹木和薄霧籠罩下，低聲說：

　—永遠不會

我絕不會忘記你，綿綿

　無盡期。

第6輯

台北街上

Calles de Taipéi

我們的台北天使
Nuestro Ángel em Taipéi

　　瑪格

江葆嫻，她的名字印在

　　名片上

是我們在台北居住旅館的

　　女老闆，

同伴在掏文件時，

　　我

望著城市的烏雲天空，說：

　　—我們是

來參加淡水詩歌節的詩人。

　　—詩人？

她首次睜大眼睛表露

　　驚奇。

她再看我們，態度不同啦

　　看我

看我的朋友和文件。

　　她該有

幾歲呢？三十？看來清純、善良、可愛。

　　—詩人

為生命謳歌嗎？—是呀

　　—我對她說—。

時間短暫卻運氣好。

　　就此，

她導引我們遊遍台北。放下一切。

　　撇開

公司事務和生意陪伴我們。

　　同道

就像行軍一般。對

　　萬事

很有耐心。為我們解決問題：

　　在商店

和捷運車上。照顧我們換錢

　　幫我們

買食物，教我們看街道

　　門牌編號。

　　表現

熱心、直率、簡潔、好脾氣。

　　有時

突然興奮看著我們。指給我們看市場，

　　公車路線

和高聳摩天大樓。對一切

　　笑口常開。

我自忖：對她來說，詩算什麼？

　　身為詩人

我們有什麼值得稀奇。

　　或許

該明白我們的缺點和痛苦。

在台北街上
Las Calles de Taipéi

台北

街上人多而雜

　　就像

台灣語言的文字

　　書法。

滿是各種神聖和世俗的

　　商店；

有奢侈的餐飲和

　　微笑

石獅，還有那些口中

　　噴火的

龍，佛教寺廟

　　充斥

燈籠和點燃的
　蠟燭。

台北街上有眾人
　祈禱
跌坐盤腿，雙手
　合掌
在矗立摩天大樓的
　基地
把冷漠結構向上
　推舉。
修道者頭部配合祈禱
　節奏

傾斜，在調節並貫徹

　思考。

他們偶爾會舉起

　手臂，

傾向飛翔的姿勢。

　或是

以游泳姿態沉潛到底部。

　加以搖晃

稍有抖動。此時，

　女人

在呻吟，男人則在街角

　抽菸

眼睛望著遠方。

　這裡

在台北街上，死亡

　漫遊處

有寂靜角落。那裡

　始終

有妳的輪廓和無法忘懷的

　影子

在橋拱下，在樹木

　冠頂

在濕霧遮蔽的建築物

　遠方

更加清晰而傷痛

　我在想妳。

台北101
El Taipéi 101

En el Corazón de Taiwán

一看

上面！我的同伴笑著說

　　拉拉

我的手臂，正在走出

　　台北

捷運車站的

　　階梯上。

我抬頭，仰望

　　天空

藍色背景和白雲間，

　　被東方

陽光籠罩，在燦爛的早晨，

　　預料

可見到世界第八高樓。

　　那就是

台北101大樓，高

　　508公尺，

有一座又一座寶塔的韻律，

　　轟立

在台北鬧區核心。

　　形狀

如一根竹竿；中式

　　箱盒

高高堆起，連結

　　天地，

邊緣有裝飾畫，

像螺旋，

類似原型的雲彩。

　　天頂

深處，有洞倒置。

　　現代

技術的奇蹟。一株高大

　　龍舌蘭

插入恆星蒼穹。

　　試圖

找到深入地下

　　五層的

基礎，但我眼光

　回到
台北車站。

　而
在我看來，基地和
　基礎
是捷運的路線
　行經
台北縱橫方向
　以及
福爾摩莎島嶼甚至沉入
　海底。

那是一棵樹，根部

　　延伸

穿過隧道，神經

　　是捷運車輛，亮燈

　　快速

駛離，叮叮噹噹

　　鈴聲響。

此時眾多乘客

　　進出

穿過門洞

　　通道

和階梯。即使建築本身

也是
列車，向上駛往星空。
一列
龐大貨車駛向無限。

從樓頂
俯瞰廣大平原
下面
房屋模模糊糊。看清楚
太陽
在塔頂猶豫。

　　而我

感受到這種鋼、水泥、混凝土、

　　鉑金、

和玻璃結構振動時，

　　情人呀，

我想念妳身體原始且新奇的

　　單純震顫。

台北兩難
Dilema en Taipéi

風吹打著台北
樹木的葉子，
太陽剛剛出現在
建築物頂部。

台灣，妳多雲的天空
並沒有暴風雨警報
只是突然下起毛毛雨
輕微到正好不打濕。

然而，多麼讓人
心煩！令人悶悶不樂，

更能明白探索一切

結束和損失的輪廓。

啊，台北！我在雨中

輕輕鋪展陰霾，

在妳石材和瓷磚的

街道，我心傷感。

兩難在於：我來妳的地方

見妳。或者妳到我的

去處來。而無論在何處

此時我非常想念妳。

回程上海

Retorno por Shanghái

揮發性空間
En el Espacio Voladizo

——在上海的一座橋梁

Dimensiones del Aeropuerto de Shanghái

這裡你聽不到腳步聲，只有機車。
　不再有
人民心跳聲而是車輛驚人的
　噪音
疾駛在水泥鋼骨交織的
　高速公路。
心跳的音樂節拍不再為人
　所知
而是工廠的刺耳聲，以及買賣
　吆喝。

遭受到機器噪音令人感到
　迷宮

用電線穿織和拆開而不是用
　　電腦線
那些無聲，卻比工廠刺耳聲
　　更糟。
在上海，和全世界一樣，男人
　　造成許多
妄言就像在星球和星座
　　脫殼一樣。

　　已經完成
高速公路，運輸來來往往
　　不同海拔。
牆角和支柱在海上

　　沉入水中

深不可測。以憤怒的獅子出現。

　　或什麼蛇

和火龍。在上海這麼多東西

　　我很想念妳

至少，我的天使，開始

　　下雨啦

以致妳不在，得不到安慰，甚至可能

　　被妳遺忘。

上海機場規模
Dimensiones del Aeropuerto de Shanghái

1.

　真的
這個巨大機場，例如
　與妳
給我們生命的肚子相比
　不算什麼。

這等龐然大物的結構
　加上
燈光啟閉，接線到
　螢幕
燦爛輝煌，不值得
　驚奇入骨。

飛機起飛而其他飛機降落

　　在雨濕

跑道上滑行，遠遠間歇

　　閃爍，

不會使妳神經緊張

　　知道

我在哪裡和現在發生什麼事。

2.

　　這城市

保不住，繼東京和廣州，成為

　　世界第三

妳慈悲之手幾乎不能

　　也無纖維

從妳的內心，迄今能保護我

　　找到我。

巨大的宇宙本身與其行星

　　恆星

和超級新星，及其彗星和星系無關。

　　我的情人呀

可相比的唯有妳的肺泡、妳的細胞

　　和你的原始震顫。

空中高速公路、飛機庫棚和倉庫

　　他們進出的地方

　　貨車、沙龍和走廊，堤防

　　　這些是什麼

　　對我們出生源頭的內臟

　　　沒有意義。

附
錄

記2018福爾摩莎國際詩歌節
新書發表會
Presentación de Libro en el "2018 Festival Internacional de Poesía de Formosa"

1.神聖使命

我們來自傳奇迷人的秘魯，以詩會友的一群詩人。在安地斯世界中，一種令人驚歎的文化正蓬勃發展，使社團和人性團結，有效形成國家政策，達成奇蹟。首先，我們來此，是要回報詩人李魁賢，帶領一個屬於這種人性群體的詩人代表團，訪問過秘魯，現在正在台灣策劃2018年淡水福爾摩莎國際詩歌節。

該代表團出席第18屆【柳葉黑野櫻、巴列霍及其土地】國際詩會時，像一個奇蹟，像我們生命中的一首史詩。他們和我們一起經過崎嶇不平的道路，和

不良的氣候。穿越秘魯內地，人類偉大文化之一的中心。對於安地斯世界，那象徵是太陽、月亮和星星。詩中最常見的指涉是：雪、蜂鳥、鴿子、蝴蝶和花，成為最精華和純粹的創作。

因此，這是一項神聖使命，將安地斯文化的價值觀擴展到當代世界，共享感情、溫柔、純真和清晨心靈，這是我們出現在台灣淡水的另一個原因。

2.誠摯友誼

這就是我們滿懷幻想而來，以及應該來這裡的深層原因。另外，更強烈的理由之一是，追求我們的文化聯結，和鎔鑄我們團結一致的天命。

我們來自安地斯世界，來自誕生巴列霍的土地，巴列霍為世界所有人民帶來人性團結的最崇高歌曲，我們來告訴心愛的福爾摩莎：我們和你們共同鑄造你們的完全自由！

因為正是詩人和作家，首先設想可能的烏托邦，他們可以通過，然後讓人們行走。因為是詩人和作

家，首先夢想未來的世界。

　　而在那些夢想中，台灣與秘魯聖地亞哥德丘科之間的距離，應該真正變成我們心中沒有距離，事實已然如此，正是這種真誠、深刻和結晶的友誼。

3.回歸地球

　　我們也來履行詩賦予我輩的高度使命，設想新的世界。因為詩人是首先認清人類必須行進的途徑。這就是為什麼我們始終到處相遇的緣故。

　　我們來此夢想更美好的世界。我們正在開闢道路。奇妙的是，儘管有語言障礙，我們來此與福爾摩莎結合，確實連結到語言的事務，例如詩。

　　我的特殊情況，容我在此說清楚，這攸關血緣與土地，因為家祖父母是由中國大陸地方移民。由敝姓明顯透露，是地球此端特有姓名的融合，即李和洪，在敝姓裡加進該項民族性。

　　因此，我感覺剛剛才完成我的生命。把我們分隔13小時，又把我們整合：在這裡，是正午，在我國卻

是午夜。我們來自地球的背後，繞過地球。因此，我覺得我才剛剛成年。

4.我們人民一體

我們不是空手而來。我們帶來禮物。其中之一就是此書，我們赤忱獻給台灣文化和詩。

我完成《台灣‧生活‧詩和友誼》（*Taiwán, vida, poesía y amistad*）一書，以實際行動尊敬和感謝六位傑出勇敢的台灣詩人代表團，參加2017年第18屆【柳葉黑野櫻、巴列霍及其土地】國際詩會，此會每年5月在秘魯不同城市舉辦。代表團由李魁賢領隊，成員包括利玉芳、林鷺、楊淇竹、陳秀珍、簡瑞玲，如今全體在場。

不過，這部作品也是由詩人李魁賢編輯的《台灣心聲》（*Voces de Taiwán*）一書所引起，他領導這支隊伍，從此像火炬照亮我們人民和文化的一體性。

5.路上里程碑

台灣詩的主要特徵，是與自然緊密相連，海洋的力量和人性事務，是此書頁中的亮點。

還有那清澈、透明和渴望自由。一方面，凸顯在安地斯世界詩人鑄成充實而強烈的友誼；另方面，國家原名福爾摩莎的詩人，歷史上，在17世紀有西班牙裔存在幾十年的不可磨滅紀錄。

福爾摩莎之名，即擁有詩的標記，正如葡萄牙語對詩的定義，即「美麗」，真的，這個國家不僅僅是因為風景，和由此發展出來的生活，還有來自這裡活生生的人民的心靈。

正因如此，此書是沿路的里程碑，朝聖者堅持以明亮、團結和無限友情的遠景，繼續邁進。

6.搖籃或吊床

如果我們不得不提到意象，我們必須說，此書是兩屋或兩牆之間的橋梁、彩虹、繩索，就像兩岸之間的河流。

你和我，以及在中間或中心出生的孩子。栽植書或泉源，在此可發現花開。書是海，是石頭。懸崖連接海岸和山脈。雨把天地聯合。

這是海洋，聯結兩個偉大的文化，安地斯和台灣，或者不如說是舊名福爾摩莎，傳奇和原型的東方文化。書是愛的瓶子，信件和紙摺的飛機。搖籃或吊床，主張手是帳篷。

封面是寺廟寶塔的翹脊，重塑台灣傳統建築的母題，封底是海梅所拍攝照片，背景是聖地亞哥德丘科的巴列霍故居紀念館正面，從左至右：陳秀珍、利玉芳、楊淇竹、李魁賢、林鷺、簡瑞玲，和安德麗亞・桑切斯・李洪。

7.呼吸和鼓舞

本書包括以下章節：

序詩：情歌獻給福爾摩莎

1.瑪拉・加希雅博士（Mara L. García）前言

2.帆船和風

3. 詩人李魁賢

4. 生活與詩

　　李魁賢給巴列霍的詩

　　利玉芳旅遊詩

　　簡瑞玲秘魯魔幻詩

5. 簡瑞玲論文〈熱愛土地與承諾社會的詩人：巴
　　耶霍與李魁賢〉

6. 由Javier Delgado Benites，Juan Oblitas Carrero，
　　María Elena Rodríguez Chávarri，Maura Sánchez
　　Benites和Juvenal Sánchez Lihón撰寫證詞和獻言

7. 薩穆爾・卡維洛（Samuel Cavero Galimidi）跋
　　〈張開雙臂〉

　　關於本書，瑪拉・加希雅博士在前言中表示：
「謹邀請你在本書的實質水域中航行，這是友誼和永
恆社團的聖像。我讓你進入此文本的神話般世界，且
慢喝采…。」

作家薩穆爾・卡維洛強調：「這不再是一本書。這是勇氣的真誠行動，沒有局限或距離的友情，而且是沒有國界的文化兄弟情誼。」呼吸和鼓舞，書打開一扇門，還有無數的門，最重要的是：我們的心扉。

關於詩人
Sobre el Poeta

　　達尼洛・桑切斯（Danilo Sánchez Lihón），秘魯詩人、小說家、散文作家，出生於聖地牙哥德丘科（Santiago de Chuco），與詩人塞薩爾・巴列霍（César Vallejo）同故鄉、亦為其鄰居。「柳葉黑野櫻、巴列霍及其土地」（Capulí, Vallejo y su Tierra）文藝活動創始人兼會長、「秘魯圖書閱讀研究中心理事長；曾任教於國立聖馬可斯大學和Jaime Bausate y Meza新聞大學。著作甚夥，包括詩集《天蠍座》

（*Scorpius*）、《幻城》（*Ciudad irreal*）、《感謝》（*Acción de gracias*）、《局外人》（*Alhelí*）、《戀之灰燼》（*Ceniza enamorada*）與《另一個世界有可能》（*Otro mundo es posible*）等等；並出版十冊以上關於塞薩爾・巴列霍生平與著作研究。曾獲秘魯金桂冠文學獎與全國兒童暨青少年文學獎等榮耀。2018年率領秘魯詩人組團來台灣參加淡水福爾摩莎國際詩歌節，頒金幟獎（Bandera Iluminada）給譯者。

關於譯者
Sobre el Traductor

　　李魁賢，1937年生。曾任國家文化藝術基金會董事長、國立中正大學台灣文學研究所兼任教授，現任國際作家藝術家協會理事（2010-）、世界詩人運動組織（Movimiento Poetas del Mundo）副會長（2014-）、福爾摩莎國際詩歌節策畫（2015-）。獲巫永福評論獎、韓國亞洲詩人貢獻獎、榮後台灣詩獎、賴和文學獎、行政院文化獎、印度麥氏學會（Michael Madhusudan Academy）詩人獎、台灣新文學貢獻獎、

吳三連獎文藝獎、真理大學台灣文學牛津獎、蒙古建國八百週年成吉思汗金牌、孟加拉卡塔克文學獎（Kathak Literary Award）、馬其頓奈姆・弗拉謝里 Naim Frashëri 文學獎、秘魯特里爾塞金獎和金幟獎、台灣國家文藝獎、印度普立哲書商首席傑出詩獎、蒙特內哥羅（黑山）共和國文學翻譯協會文學翻譯獎、塞爾維亞「神草」文學藝術協會國際卓越詩藝一級騎士獎等。出版有《李魁賢詩集》6冊、《李魁賢文集》10冊、《李魁賢譯詩集》8冊、《歐洲經典詩選》25冊、《名流詩叢》38冊，回憶錄《人生拼圖》和《我的新世紀詩路》，及其他共二百餘本。

語言文學類　PG2420　名流詩叢36

福爾摩莎黎明時
Formosa en el Alba

原　　　著 / 達尼洛‧桑切斯（Danilo Sánchez Lihón）
譯　　　者 / 李魁賢（Lee Kuei-shien）
責任編輯 / 許乃文
圖文排版 / 周好靜
封面設計 / 劉肇昇

發 行 人 / 宋政坤
法律顧問 / 毛國樑　律師
出版發行 / 秀威資訊科技股份有限公司
　　　　　114台北市內湖區瑞光路76巷65號1樓
　　　　　電話：+886-2-2796-3638　傳真：+886-2-2796-1377
　　　　　http://www.showwe.com.tw
劃撥帳號 / 19563868　戶名：秀威資訊科技股份有限公司
　　　　　讀者服務信箱：service@showwe.com.tw
展售門市 / 國家書店（松江門市）
　　　　　104台北市中山區松江路209號1樓
　　　　　電話：+886-2-2518-0207　傳真：+886-2-2518-0778
網路訂購 / 秀威網路書店：https://store.showwe.tw
　　　　　國家網路書店：https://www.govbooks.com.tw

2020年8月　BOD一版
定價：200元
版權所有　翻印必究
本書如有缺頁、破損或裝訂錯誤，請寄回更換

國家圖書館出版品預行編目

福爾摩莎黎明時 / 達尼洛.桑切斯(Danilo Sánchez Lihón)
　著；李魁賢譯. -- 一版. -- 臺北市：秀威資訊科技, 2020.08
　　面；　公分. -- (語言文學類；PG2420) (名流詩叢；
36)
　　BOD版
　　譯自：Formosa en el Alba
　　ISBN 978-986-326-839-0(平裝)

885.8251　　　　　　　　　　　　　　109011470

讀者回函卡

感謝您購買本書,為提升服務品質,請填妥以下資料,將讀者回函卡直接寄回或傳真本公司,收到您的寶貴意見後,我們會收藏記錄及檢討,謝謝!如您需要了解本公司最新出版書目、購書優惠或企劃活動,歡迎您上網查詢或下載相關資料:http:// www.showwe.com.tw

您購買的書名:_____

出生日期:_____年_____月_____日

學歷:□高中(含)以下　　□大專　　□研究所(含)以上

職業:□製造業　□金融業　□資訊業　□軍警　□傳播業　□自由業
　　　□服務業　□公務員　□教職　　□學生　□家管　　□其它_____

購書地點:□網路書店　□實體書店　□書展　□郵購　□贈閱　□其他

您從何得知本書的消息?

　□網路書店　□實體書店　□網路搜尋　□電子報　□書訊　□雜誌
　□傳播媒體　□親友推薦　□網站推薦　□部落格　□其他_____

您對本書的評價:(請填代號　1.非常滿意　2.滿意　3.尚可　4.再改進)

　封面設計____　版面編排____　內容____　文/譯筆____　價格____

讀完書後您覺得:

　□很有收穫　□有收穫　□收穫不多　□沒收穫

對我們的建議:_____

_____

_____

_____

11466

台北市內湖區瑞光路 76 巷 65 號 1 樓

秀威資訊科技股份有限公司 收

BOD 數位出版事業部

（請沿線對折寄回，謝謝！）

姓　　名：＿＿＿＿＿＿＿＿　年齡：＿＿＿＿　性別：□女　□男

郵遞區號：□□□□□

地　　址：＿＿＿＿＿＿＿＿＿＿＿＿＿＿＿＿＿＿＿

聯絡電話：(日) ＿＿＿＿＿＿＿＿　(夜) ＿＿＿＿＿＿＿＿

E - m a i l：＿＿＿＿＿＿＿＿＿＿＿＿＿＿＿＿＿＿＿